Derrière la clôture du jardin

Corentin Cheval

Personne n'a « la chance » de voyager

*C'est un choix, un état d'esprit, une manière
de vivre.*

*Le voyage a mille et une formes. Il y a donc
autant de façon de le côtoyer.*

Auteur du livre « Drops of life » paru aux éditions Maïa en juillet 2021

Derrière la clôture du jardin

CORENTIN CHEVAL

Édition : BoD – Books on Demand, info@bod.fr.

Impression : BoD – Books on Demand, In de Tarpen 42, Norderstedt (Allemagne)

Impression à la demande

ISBN : 978-2-3225-0580-7

Dépôt légal : Août 2024

Couverture réalisée par DE MAEYER ANNA

La petite mort

Un nouveau voyage va commencer, ou bien en est la fin. Le projet a toujours été de découvrir le monde. Mais je ne m'attendais pas à ce que cela démarre si tôt. Je ne parle pas de l'âge que j'ai, mais du moment où débute le voyage. Je ne pense pas que cela ait lieu au moment des préparatifs, car tout n'est alors que rêve dans notre tête. Cela n'a pas non plus lieu à l'embarquement. Et je ne dirais pas non plus que cela démarre au moment où l'on pose le pied dans un nouveau pays.

Pour moi, le voyage commence au moment de ce que j'appelle la « petite mort ». C'est l'instant où le cerveau réalise que le départ est aussi la fin. La fin de notre vie actuelle. Ce sont les derniers repas en famille, les derniers jours de travail, les « potes » qui viennent vous voir pour la « dernière fois avant le grand départ ». Une dernière soirée avec les amis qui sont devenus notre famille, un dernier moment avec papa et maman, une dernière nuit dans les bras de celle que j'aime. Et, pour finir, un dernier verre en regardant les étoiles depuis mon « chez moi ».

Cela peut faire beaucoup de « dernier » pour le commencement d'une nouvelle page de l'histoire. Mais je ne peux cesser de penser que celui que je suis aujourd'hui n'existera plus à mon retour. Ce que je « veux » devenir ? Je ne le sais pas vraiment. Ce que je « vais » devenir ? Je le sais encore moins. Je ne sais pas non plus ce qui se passera pour tous ceux que j'ai laissés. Ils continueront leur vie, cela est certain, mais quelle empreinte y laisserai-je ?

Au moment de la « petite mort », on se pose mille et une questions. Qui suis-je vraiment ? Qu'ai-je laissé aux autres ? Que deviendrai-je ? Que retiendra-t-on de moi ? Comment me verra-t-on à mon retour ? Oui, cela fait beaucoup de questions.

Si j'ai appelé cet instant la « petite mort », c'est car il est dit que l'on s'aperçoit de l'importance de ce que l'on a qu'une fois qu'on l'a perdu. Le voyage commence au moment où l'on réalise tout ce que l'on va laisser derrière soi. Comme si la mort emportait au loin une part de nous.

Je pense que cet instant est essentiel dans une vie. La « petite mort » nous permet de nous rappeler ce qui a vraiment de l'importance, ce qui compte réellement pour nous, sans pour autant nous les enlever de façon définitive. Même si les choses ne seront pas les mêmes à mon retour, d'une certaine façon, elles existeront encore. Je pourrai les préserver et les chérir, car j'aurai pris la pleine mesure de leur importance.

Merci à la vie de m'offrir cette mort. Merci à la mort de me faire renaître pour voir la beauté de la vie. Merci au voyage d'être la barque qui me permet d'avancer sur mon chemin.

Entre deux mondes

C'est le jour J. Un dernier « au revoir », quelques larmes qui coulent et des valises qui se ferment. Je me demande encore une fois ce qui m'a pris de m'embarquer dans cette aventure. Divers sentiments se mêlent… beaucoup de tristesse, mais aussi beaucoup d'excitation.

Dans l'avion, je regarde par le hublot. Je ne suis plus chez moi, mais encore loin d'être arrivé à destination. Comme suspendu entre deux mondes. Entre mon passé et mon futur, entre le connu et l'inconnu, entre ma maison et la découverte.

Depuis l'avion, les kilomètres défilent. Nous sommes sur une mer de nuages. J'ai le sentiment d'être un enfant dont l'univers se limitait à son petit jardin et qui, un beau jour, décide de partir avec un sac à dos pour voir ce qu'il y a derrière la clôture du jardin.

Le bruit du moteur couvre tout. C'est très calme. On a l'impression d'être dans un autre monde. Comme hors du temps. Le paysage défile à une vitesse inimaginable.

Cela paraît irréel. Nous sommes à plus de 11 000 mètres d'altitude, nous filons à plus de 800 km/h et, moi, je suis là, à écrire comme si de rien n'était. Certains regardent des films, d'autres dorment, d'autres encore scrutent par le hublot. Aucun de nous n'a conscience des kilomètres parcourus ni des gens que nous survolons. Suspendus dans le ciel, nous passons d'un univers à l'autre.

Derrière la clôture du jardin, le monde est infiniment grand. Il est temps de le découvrir un peu plus.

Premier pas en terre inconnue

Le changement de température est saisissant. Le calme de l'avion disparaît. Pas le temps de se poser des questions, je mets un pied en terre inconnue.

Tout va très vite. Les valises, la sortie de l'aéroport, et là, « paf », je débarque dans un nouveau monde. Le paysage est très différent. Où sont passés les chênes et les rosiers ? La végétation est dense avec une multitude de nuances de vert. Je n'avais encore jamais vu un tel panorama.

Le premier pas sur la lune ressemblait-il à ça ? Un doux mélange d'appréhension, de peur et d'excitation. Les premiers astronautes pensaient-ils à leur famille restée à la maison alors qu'eux posaient les pieds dans un monde qui leur était inconnu ?

Cela serait mensonger et idéaliste de dire que je n'étais plus qu'un homme contemplatif de la beauté de ce nouvel environnement. Les heures de sommeil manquent, la tonne de questions qui encombrent ma tête et, pour finir, la part de moi qui ne fait que songer à ceux que j'ai laissés derrière moi. Tout cela fait que le paysage défile sans s'inscrire sur mes rétines. Les heures qui passent ont la même substance que celles qui accompagnent mes rêves.

Certains diront que ce premier pas ne donne pas vraiment envie. Je dois avouer que, moi-même, je ne savais pas trop quoi en penser. Mais j'ai vite compris que c'était MON premier pas. Pas celui d'astronautes sur la lune ni celui des personnes qui sont avec moi. Ce premier pas est celui d'un homme qui se réveille de sa « petite mort », d'un homme qui a les valises du cœur pleines. C'est celui d'un homme qui rêvait de voyages et qui, aujourd'hui, mélange rêve et réalité.

Mes yeux s'ouvrent

Les premiers jours de l'aventure sont un peu flous. Ici, tout est comme chez moi et rien ne l'est. Le langage principal est le même, mais sa prononciation est particulière, le tout se mêlant à divers dialectes. Les inégalités entre pauvres et riches sont toujours évidentes, mais se traduisent autrement. Le mélange culturel est présent, mais bien plus important. C'est comme jouer au jeu des sept différences entre deux mondes qui paraissent semblables, mais diffèrent pourtant tellement.

Tant de ressemblances qui font se superposer dans ma tête les images de ce que j'ai aujourd'hui et de ce que je n'ai plus. C'est comme quand le sommeil vous envoûte et que, paupières mi-closes, le rêve et la réalité s'unissent. Cette sensation peut durer, mais pas éternellement. Il est temps d'ouvrir grand les yeux. La solution est très simple, mais ne m'a pas paru si évidente. Il faut que je me vide la tête pour laisser place au voyage que j'ai entrepris. Chacun a sa petite technique. Sortir faire du sport est celle que j'ai tendance à choisir. Je ne m'étais pas rendu compte que tant de choses se trouvaient dans mon esprit. En courant, je dépose ces idées au fur et à mesure des kilomètres qui défilent.

Mon souffle commence à être plus fort, mes muscles se tétanisent, l'air dans mes poumons ne suffit plus. La sueur coule sur mon front, mes jambes n'en peuvent plus. Allez, encore quelques mètres, mon corps a besoin d'évacuer les tensions, la dopamine circule dans mes veines. Je me sens tellement bien, quasi euphorique.

Mais, au fait, pourquoi suis-je parti courir ? Je m'arrête. Mon Dieu, que la mer est belle ! Les couleurs rouge et orange du coucher de soleil donnent l'impression que l'on est devant un photomontage. L'air est plus respirable, le bruit des vagues est relaxant. Quelle vue magnifique !
J'ai ouvert les yeux.

Dressons le tableau

Je crois qu'il est temps pour moi d'amener à l'imagination la matière première dont elle a besoin pour donner une consistance à mon voyage. Vous dire où cette aventure se passe n'a aucun intérêt. Qu'elle ait lieu au bout du monde ou au fond de mon jardin, cela ne change rien. Après tout, ce voyage n'existe peut-être que dans ma tête. Si c'est le cas, je ne vois pas ce que cela change. En fait, ce qui compte, c'est l'histoire, les acteurs, imaginaires ou réels, le chemin parcouru, les rêves vécus.

Nous sommes trois. Deux hommes et une femme. Des amis ? À vous de voir. Nos caractères sont différents et semblables à la fois. De jeunes adolescents aussi fous qu'immatures. La vingtaine nous permet d'être dans un esprit de totale découverte. Je vous laisse les imaginer, au fond, les personnages n'ont pas tant d'importance que ça.

Nous sommes dans une maison de bonne taille. On y vit autant en extérieur qu'en intérieur. Une toiture permet à la terrasse d'être protégée des divers aléas climatiques. Il y a une piscine sur la partie découverte. L'eau est calme. Le soir, elle devient le repaire des grenouilles. Oasis de fraîcheur le jour, mare de vie pour la nature la nuit. Si l'on tend l'oreille, on entend en continu les insectes comme si l'on était en pleine campagne. Si l'on est attentif, on peut apercevoir des oiseaux aux couleurs du ciel venir se restaurer de fruits vert et jaune.

La nuit tombe. Les étoiles s'installent par centaines dans le ciel. De petits diamants dans l'opacité de l'infini. Ce soir, le vent qui effleure ma peau est chaud comme la caresse d'une femme. Les pieds dans l'eau, j'admire un monde qui existe autant dans ma tête que devant mes yeux.

Le but n'est pas de décrire fidèlement les lieux et les acteurs. Ce qui compte est que, vous, vous ressentiez le souffle du vent sur votre peau, que vous voyiez les étoiles qui dansent à la surface de l'eau. L'important est que vous commenciez à voyager.

Ce qui compte dans l'histoire

J'ai toujours aimé les romans fantastiques. Si cet ouvrage en était un, alors il y aurait sûrement une ellipse entre le début de l'entraînement du personnage principal pour devenir un grand guerrier et ses premières péripéties. Toute une partie de son histoire résumée en quelques lignes. Cela ne vous a jamais intrigué ? Ne vous est-il jamais arrivé de vous faire des films sur ce que vivent les héros au quotidien ? Avez-vous déjà pensé à ce qu'ils ressentent chaque jour ? Ce qu'ils portent, ce qu'ils mangent ? S'ils ont d'autres amis que les personnages secondaires ? En bref… tout ce qui fait leur vraie existence. Et si les héros n'avaient jamais réussi leur entraînement ? Il n'y aurait pas eu d'histoire ? Ne faut-il pas oublier que chacun de nous vit des aventures au quotidien. Nous avons donc tous une histoire à raconter.

Aujourd'hui, en allant courir sur la plage, je me suis retrouvé face à une tortue luth. Je pourrais vous faire tout un texte sur cette magnifique rencontre avec ce mammifère hors du commun. Mais je me suis surtout rendu compte que je devais avant tout vous parler du quotidien « banal ». Celui qui n'existe que très peu dans les romans. Je veux vous parler du soleil qui, chaque matin, rentre par ma fenêtre pour me réveiller. Vous dire que, chaque jour, je vais au travail pour gagner ma vie. Mais que, pourtant, chacune de mes journées est bien différente. Une fois, au réveil, j'ai vraiment eu la boule au ventre lorsque je me suis dit qu'il fallait que j'aille au travail puis, le matin d'après, ça allait mieux. Je trouve qu'ici la chaleur devient souvent insupportable vers quatorze heures, alors je fais un saut dans la piscine, cela rafraîchit instantanément. En ce moment, il pleut fréquemment, ça rééquilibre les températures. Au réveil, je prends un petit déjeuner pour tenir jusqu'à la fin du service, car j'ai rarement le temps de faire une pause. Le soir, je fais régulièrement du sport puis je me pose dans la piscine pour regarder les étoiles. Un métro-boulot-dodo qui, malgré les quelques avantages que procure notre lieu de séjour, peut paraître bien banal. Surtout en comparaison à la rencontre d'une tortue atteignant quasiment les deux mètres de long. Mais justement, ce sont ces instants du quotidien qui sont les plus importants, tout simplement car ils sont mon quotidien, celui de ce voyage.

Les jours peuvent avoir l'air de se ressembler, mais ils sont bien différents. La couleur du coucher de soleil varie chaque soir, la sensation que je ressens en le regardant aussi. Lorsque j'observe les étoiles, ce ne sont jamais les mêmes qui m'apparaissent, et je ne pense jamais à la même chose à ce moment-là. Les paroles des musiques que j'écoute sont les mêmes chaque fois, pourtant, ce soir, mon envie de danser dessus n'est pas la même que ce matin. Toutes ces variations font du quotidien la vie, et de moi un être vivant.

Le mot quotidien exprime l'idée de répétition. Néanmoins, en regardant de plus près, aucun instant n'est similaire. Si l'on comprend cela, alors le repas du midi n'est plus juste un des trois repas de la journée, mais il devient un magnifique festin autour d'une raie que vous avez vous-même cuisinée. En cet instant tout prend une nouvelle saveur.

Si le voyage est une découverte, alors la vie du quotidien est un voyage perpétuel. Si le quotidien est déjà un voyage, alors l'aventure que j'ai entreprise prend une tout autre dimension.

Indépendance

Derrière la clôture du jardin, le monde est vaste. Parti avec un sac à dos, l'enfant s'éloignait toujours plus de la maison. Un peu après son départ, la faim se fit sentir. Sans son confort habituel, loin de chez lui, il dut apprendre à se débrouiller. Il alla récolter des noix de coco, papayes et mangues, les cuisina, les mangea et fut enfin repu. Cela lui prit une bonne partie de la journée. Plus tard, une désagréable odeur de sueur lui remplit les narines. C'était normal après avoir autant marché. Il dut alors prendre un moment pour se laver et nettoyer son linge. La nuit tomba. Il repéra un coin pour dormir, il y fit un semblant de propre pour ne pas être envahi par les bestioles et prépara sa couche. De nombreuses choses à faire. Une fois tout cela terminé, il se rendit compte du temps qu'il avait mis à réaliser toutes ces tâches et fut surpris du peu de kilomètres qu'il avait parcouru depuis son départ. Si seulement on avait pu lui faire à manger, faire sa lessive et son ménage. Pour cela, il lui aurait fallu de l'argent. Même s'il en avait eu, l'aurait-il dépensé uniquement pour son confort ? Il réfléchit et finit par se dire qu'il aurait quand même gagné beaucoup de temps à acheter ses aliments au lieu de les cueillir, tout comme il en aurait gagné en ayant une machine à laver.

Le jeune garçon repensa à l'argent. Pour en avoir, il devait travailler, et donc passer du temps à effectuer une activité. Il pouvait chasser et vendre le résultat de sa longue traque, et ainsi avoir de quoi acheter une machine à laver. Ou il pouvait utiliser sa journée à soigner les gens pour ne pas avoir à traquer sa nourriture. Au final, le temps qu'il faudrait pour répondre à ses besoins serait équivalent. Il pouvait juste choisir à quoi il préférait le passer.

L'enfant comprit enfin que ne dépendre de personne au cours de son voyage ne serait pas synonyme de temps libre, mais d'une vie bien remplie. Alors, c'était donc ça, l'indépendance ? Suite à cette réflexion, il fut heureux de se dire qu'il avait un peu grandi et que, malgré le temps que lui coûtait l'indépendance, il était content de pouvoir le répartir comme il le souhaitait.

Libéré de ces questions, il se posa sur son embarcation et la laissa dériver dans la piscine. La lune ouvrait grand son œil et l'observait. Une douce musique à la consonance anglaise faisait vibrer l'air. Le ciel était dégagé. De petits éclats d'étoiles essayaient de rivaliser avec la majestueuse lune. Notre voyageur contempla son monde. Un agréable sentiment de quiétude et de bonheur l'envahit peu à peu. Face à la lune, il se sentit heureux. Il ferma les paupières et laissa ses pensées s'envoler.

Bon débarras

Quelque chose a changé, une sensation que j'avais au fond de moi. Cela fait bientôt un mois que le voyage a commencé. Ce n'est qu'aujourd'hui que je sens un poids partir. Le poids de mes attaches.

Cela est arrivé d'un coup. Comme lorsque les chaînes se brisent et tombent au sol. Pour que cela arrive, il a fallu tout mettre à plat. Pourquoi ce voyage ? Que suis-je parti chercher ? Qu'ai-je fui ? Qu'est-ce qui me fait peur dans cette aventure ? Qu'est-ce que j'espère prouver ? Que restera-t-il à mon retour ? Et qu'est-ce que j'ai peur de ne pas retrouver ?

Je pensais en avoir fini avec le fait de me mentir à moi-même. Mais la malice et le mensonge se glissent dans nos moindres failles. Je ne trouvais pas les réponses que je cherchais. Mais avais-je vraiment envie de les voir ? Cela me donnait l'impression d'être moins responsable de ce qui pouvait arriver. Pourtant, les réponses, je les avais. Oui, au fond de moi, elles avaient toujours été là.

La peur est pire que tout. Elle vous éloigne de la réalité, vous pèse sur le cœur, et vous empêche de vivre l'instant présent. Une fois dépassée, les réponses aux questions qui nous tourmentent tant s'imposent d'elles-mêmes. Elles ne sont pas les plus belles, loin de là. Mais elles ne portent plus le poids de la peur et peuvent devenir la base d'un nouveau départ.

Les réponses que j'ai trouvées ne sont pas toutes jolies, mais le monde n'est pas fait que de noir et de blanc. Il est composé de toutes les couleurs de l'arc-en-ciel. Derrière le tissu de mensonges que je me racontais, je me suis rendu compte que je voyageais en regardant en arrière, mais jamais au loin ou autour de moi. La sensation que j'avais dans le cœur était celle d'un homme qui ne profite pas des rêves qu'il réalise. Par peur que cela ne dure qu'un instant ou, peut-être, de ne jamais en revenir.

Cette sensation est partie. Elle laisse un homme qui respire le grand air, un sourire aux lèvres. Un homme prêt à se confronter aux réponses qu'il cherchait et qui peut donc les affronter. Un homme qui a compris que voyager c'est aussi vivre, et que la vie est le plus grand des voyages.

Recherche de liberté

J'ai cru être un évadé, mais ce n'était pas le cas. Nous vivons dans une prison d'or. Nos geôliers sont les règles que la société nous a mises en tête. Nous sommes esclaves de l'image que l'on veut donner, du regard des autres et de leurs attentes. Prisonnier de l'envie d'impressionner ou tout simplement captif de ceux que l'on aime et estime. Bien sûr, beaucoup se rendent compte que « la société », « la bienséance » et « les bonnes manières » nous entravent. Mais souvent, en voulant en sortir, ils se créent une cage sur mesure. Ils doivent montrer qu'ils se rebellent, plus ou moins passivement contre le système, et se retrouvent enchaînés aux nouveaux codes de conduite qu'ils se sont fixés.

Je croyais être parti dans le but de sortir de ma cage. Mais se pourrait-il que je me sois retrouvé encore plus interné entre ces quatre murs à l'autre bout du monde. Sans m'en rendre compte, le confort et la sécurité procurée par ce nouveau nid douillet se sont mis à me retenir.

Je suis parti pour poursuivre les changements que je voulais voir dans ma vie. Et, inconsciemment, je savais déjà ce que je voulais vivre dans ce voyage, comment je voulais qu'il me fasse évoluer et comment je voulais être en rentrant. Au final, je n'avais fait qu'échanger mes chaînes contre de nouvelles. Je suis passé d'un monde où je devais répondre à l'image que les gens avaient de moi, quelqu'un de sociable, qui réussit, gentil, un peu con sur les bords, débordant d'impairs … à un monde où j'essaie de changer pour correspondre à des attentes que j'ai préalablement définies.

En fait, j'ai le droit, le droit de ne pas être celui que je devrais être. J'ai le droit d'être méchant et d'envoyer le monde se faire foutre. J'ai la dispense d'aimer tout du voyage que j'ai entrepris et celle de changer durant celui-ci. Je ne suis pas obligé d'être constamment beau, bien habillé et propre. J'ai la possibilité de m'émerveiller de chaque chose ou de tout bonnement apprécier de ne rien faire. Le droit d'avoir des pensées qui vont à l'encontre de tout ce qui est « correct ». J'ai l'accréditation pour aimer, celle pour oublier ou ne répondre qu'aux limites de mon imaginaire et de ma propre morale. J'ai le droit d'être tout simplement moi, sans artifice, sans justification, sans censure. Car j'ai le droit de ne plus être un prisonnier. Après tout, c'est pour cela que je voulais voyager.

Forêt inondée

Le temps couvert n'empêchera pas notre exploration. La route défile depuis un moment et se fait de plus en plus incertaine. Tantôt route de béton, tantôt chemin de terre. La destination est proche. Les canoës sur le toit de la voiture valsent au gré des nids-de-poule qui se dissimulent dans les ombres dansantes sur la terre meuble. Devant nous, un pont est affaissé. La route s'arrête là, au bord d'un cours d'eau tumultueux. L'exploration peut à présent commencer.

Sur l'eau, nous sommes encadrés par une végétation digne de Tarzan dans le film des studios Disney. Je m'attends à voir surgir, à tout instant, un serpent long de plusieurs mètres, un caïman ou un singe. Je scrute la surface de l'eau et les bords de la rive pour ne pas me faire surprendre. Après tout, les dangers qui nous entourent me sont inconnus. Une toile d'araignée si grande qu'elle pourrait entièrement me recouvrir se trouve à quelques mètres de nous. La maîtresse des lieux n'est pas en vue, cela ne m'empêche pas d'imaginer ses multiples paires d'yeux et ses crocs venimeux. Au fond, je suis partagé entre la crainte de rencontrer tous ces animaux et l'envie de faire leur connaissance. Après tout, ne suis-je pas un vrai aventurier ?

J'en ai presque oublié de vous parler d'une nature à couper le souffle. L'aventure commence sur un cours d'eau peu large, surplombé par une voûte de végétation luxuriante. Puis nos braves embarcations arrivent sur une grande plaine inondée. L'eau est devenue claire. Nous flottons au-dessus des hautes herbes qui sortent par moments la tête de l'eau. Nous voici dans le repaire d'oiseaux aux couleurs chatoyantes. Qu'ils soient rouges, marron, verts ou toutes ces couleurs à la fois, je ne parviens pas à en détacher mon regard. Des oiseaux haut perchés sur leurs pattes semblant léviter à la surface du lac nous observent, leur nom fait référence au fils de Dieu marchant sur l'eau. Un petit oiseau au ventre jaune poussin nous coupe la route. Le cri des toucans, au loin, garde nos sens en éveil. Une nuée de petits volatiles plus communs s'envolent par centaines dans le ciel au rythme de nos applaudissements, puis se reposent quelques bosquets plus loin. Le trajet paraît balisé, mais quel intérêt de voyager pour respecter les chemins préétablis ? Quelques coups de pagaies, et un léger détour imprévu nous emmène dans un monde qui laisse croire que nous rêvons. L'eau est une étendue sans fin, quelques herbes ponctuent la scène. En fond, une colline recouverte de verdure achève un tableau où un vol d'oiseau fait renaître en moi l'enfant qui s'émerveillait du monde.

L'aventure se poursuit dans une forêt inondée. La mangrove est somptueuse avec un léger côté mystique. Les racines tortueuses créent des chemins aux virages serrés. Des lianes s'entrelacent et indiquent la direction à suivre à nos embarcations, quelques monticules de terre montrent le bout de leur nez de temps en temps pour nous rappeler que lorsque la saison sèche viendra cette scène n'existera plus. Plus nous avançons, plus j'ai l'impression que cela ne peut être réel. Les décors de films existent-ils bel et bien ? Il me devient impossible de continuer à décrire ce que je vois sans déborder dans l'imaginaire. Il y a tant de beauté dans ce monde. Un lieu sauvage que l'homme n'a que peu pollué. Cette nature semble bien plus forte que nous, plus grande, plus élégante.

Le temps file dans ce monde sorti tout droit du *Livre de la jungle*[1]. Il est l'heure de rentrer. La pluie tropicale s'invite pour changer le décor et le rendre encore plus sauvage et onirique. Tout cela est-il vraiment là ? Pourquoi nous être éloignés de ce monde si magnifique, un monde que l'on ne se scrute qu'à travers un écran ? À quel moment ai-je réussi à me retrouver à la place des aventuriers des romans que j'aime tant ?

---

[1] « Le livre de la jungle » réalisé par Jon Favreau en 2016, Développé par Walt Disney Pictures

Pas les mots

J'aurais aimé partager avec vous tous mes sentiments. Mais je n'ai pas assez de mots pour vous décrire toutes leurs variations.

J'aurais aimé pouvoir vous retranscrire parfaitement la scène qui se déroule devant mes yeux. Mais comment vous parler d'une nature qui subit les aléas d'une mémoire férue d'imagination ?

Si je n'ai pas les mots pour vous parler du monde qui s'est présenté à moi, alors peut-être trouverai-je ceux qu'il faut pour vous peindre celui qu'il y a dans ma tête. Après tout, je ne suis qu'un doux rêveur parti à l'aventure.

Suite de l'exploration

Quelques jours plus tard une autre expédition m'a emmené dans de lointaines contrées. Le chemin sur lequel j'ai fait des allers-retours n'a pas changé une seule fois durant les deux jours où je l'ai parcouru. Le tracé était inlassablement similaire, les mêmes arbres, le même début et la même fin. Mais le soleil, lui, était différent.

Le soleil est à son apogée. Il tape sur l'eau claire du ruisseau plus fort qu'à n'importe quelle autre heure de la journée. Le chemin est étroit, encadré par une végétation luxuriante. La chaleur est lourde. Le sol n'est que boue plus ou moins solide. Longer le magnifique cours d'eau se révèle plus périlleux que prévu. Je suis un aventurier, et les bruits de fond me le confirment. Qui les produit ? Je ne le sais pas vraiment, un mélange de cris d'oiseaux et de bourdonnements d'insectes. Ils sont comme une musique venue d'ailleurs, si omniprésente que l'on finit par ne plus l'entendre. Le chemin est parsemé d'embûches, mais bien éclairé par la lumière qui perce la végétation. Il nous faut passer par-dessus un énorme tronc tombé depuis bien longtemps. Puis faire l'équilibre sur un arbre couché reliant les deux berges du ruisseau. Les étapes de la marche s'enchaînent pour arriver au bijou recherché. Devant moi, une cascade se jette dans un trou pouvant contenir plusieurs des aventuriers qui ont été assez intrépides pour se retrouver ici. Le soleil se reflète sur l'eau et lui donne vie. Une ballerine de lumière sur une scène liquide effectue une danse scintillante.

Le soleil est à l'horizon. Il fait plus sombre. Les arbres projettent leur ombre. Le chemin est boueux. La chaleur est devenue plus supportable. Les bruits se font de plus en plus inquiétants à l'approche de la nuit. Les obstacles à traverser sont toujours aussi ardus. L'arrivée à la cascade est toujours aussi majestueuse. La danseuse de lumière a disparu pour laisser place à une eau claire d'une surprenante transparence. L'eau chante une mélodie sourde et relaxante au cours de sa chute. Elle caresse affectueusement les rochers et finit par rejoindre son lit pour serpenter le long du chemin que je viens de parcourir.

Les allers-retours sur ce chemin s'enchaînent. Cette fois-ci, le soleil s'est éclipsé. L'eau est noire. Chaque bruit devient suspect. La lumière de la torche reflète le vert des yeux d'insectes sortis de nulle part. Je suis autant émerveillé qu'effrayé par ces animaux aux six, huit ou mille pattes. Les obstacles sont plus périlleux que jamais, chaque main posée pour se rattraper est possiblement punie par la morsure fantôme d'insectes tapis dans l'ombre. La direction à prendre est incertaine. Je suis le mouvement général pour ne pas me perdre dans la solitude qui ferait s'évanouir mon élan de courage. Au bout du chemin, la cascade a disparu, pourtant son bruit emplit l'espace. L'eau transparente s'est elle aussi volatilisée pour laisser place à un miroir où scintillent de minuscules perles. Je lève les yeux. Waouh !!! Des diamants plus éclatants que jamais trouent l'ombre des géants qui m'entourent. Je ne peux détacher mon regard de ce spectacle céleste qui me dépasse. L'eau-de-vie dans mes mains me donne le courage de profiter pleinement de la beauté de ce lieu qui me semble rempli de danger. Les rires de mes compagnons jouent avec l'écho de la cascade. Je découvre cet endroit hors du temps pour la première fois.

Le soleil a fini sa nuit et montre le bout de son nez. Nous sommes au point de départ. Je sors de mon cocon. Chut, les autres dorment encore. Le lever de soleil éclaire un lieu que je ne suis pas sûr de reconnaître. Pourtant, le chemin devant moi est recouvert de traces de mes pas.

Suis-je déjà venu ici ?

Je n'ai jamais visité cet endroit, j'ai exploré un instant.

Simple question

La technologie nous permet-elle de garder un lien avec les gens que l'on aime lorsqu'ils sont loin de nous ?

Aujourd'hui, j'ai eu un très bon ami au téléphone. Il m'a posé une question.
— Il y a des trucs qui te manquent là-bas ?
— Toi et ceux que j'aime.
La réponse m'est venue d'elle-même. Pas de réflexion, juste un sentiment brut. Il a répliqué :
— Non, mais vraiment ? Je ne sais pas, la nourriture, la console, etc.
— Non, il ne me manque absolument rien. En fait, si, il me manque tout, vous.
Aucun objet, technologie ou confort ne me manque depuis que j'ai franchi la clôture du jardin. L'unique grand vide, c'est elles, les personnes avec qui j'ai toujours partagé ma vie.

Lorsque l'on est petit, certains peuvent rêver de devenir un chevalier grand et fort, un homme digne, n'ayant qu'un ou deux amis, mais des gens de confiance. Un héros, un vagabond, un pirate qui voyage seul la plupart du temps pour accomplir sa quête. Le monde des adultes brise ces doux rêves. Ils sont remplacés par l'envie d'argent, de magnifiques maisons, de belles femmes, de mobilier luxueux, d'une place sociale importante. Pour ceux qui n'ont pas ces rêves de grands, beaucoup deviennent artistes, hommes de foi, ou bien encore voyageurs. Si je suis ici, c'est sûrement que je fais partie de la dernière catégorie. Je rêvais de voyager, d'explorer de nouveaux horizons.

Tous ces rêves sont ceux d'adultes. Des gens à l'esprit restreint et modelé par la tonne d'informations souvent bien inutiles qu'on leur fait ingérer. Combien d'hommes ont regardé le fond de leur cœur pour rêver ? Combien savent ce qui les rend heureux ? Et combien cherchent réellement à l'être ?

Une simple question. Il a fallu une simple question. « Qu'est-ce qui te manque ? » Ce qui nous manque est généralement ce qui a vraiment de l'importance. Pour ma part, je pensais vouloir partir de la maison pour découvrir autre chose, grandir, revenir plus mûr, trouver un chez-moi. Je me fourvoyais. « Chez moi » n'a jamais été un lieu. « Chez moi » est partout tant que je suis entouré des personnes que j'aime. J'accordais beaucoup de valeur à l'argent, j'en voulais pour voyager confortablement. Là encore, j'avais tort. Au fond, l'argent n'a pas réellement d'importance, le bonheur matériel ne m'intéresse pas. Bien sûr, ne pas avoir de quoi financer un projet est vite problématique. Mais, au final, ai-je besoin d'aller loin pour voyager ? Le voyage est partout. Il suffit de bien vouloir le vivre. Il se cache dans une partie de jeu de cartes, dans la lecture d'un livre, dans une danse, une soirée entre amis, une balade, une nuit torride, une histoire d'amour.

Si ce périple m'a appris une chose, c'est que sans le voir je voyage depuis déjà longtemps. Il m'a aussi appris à me rendre compte de ce qui me comblait vraiment. Maintenant, je pense que je vais chercher à voyager vers une vie heureuse.

En haut de la montagne

La montée est rude. Plus de 30 minutes de marche quasi verticale vers le sommet. Les sacs sont pleins pour la soirée à venir. Des gouttes ruissellent le long de mon front. La végétation est dense, l'humidité doit atteindre les 90 %. Le sommet est enfin en vue. Plus que quelques marches pour parvenir à notre dortoir. Une trouée laisse pénétrer la lumière. Devant moi, un splendide spectacle me tend les bras. Un carbet, composé d'un toit, quelques poutres et un plancher, nous invite à poser nos hamacs. Nous surplombons ce petit monde. Il ne reste plus qu'à admirer la canopée de la plus grande forêt du monde. Une mer de verdure s'étend face à moi. Je suis au sommet de la montagne.

La bière mousse pour nous récompenser. Le soleil va bientôt se coucher. Nous sommes arrivés juste à l'heure. La lumière déclinante rougit les feuilles des arbres avant de plonger la forêt dans la nuit, cet instant se grave dans ma mémoire.

Si nous sommes au milieu de cette jungle, c'est pour faire la fête. Trois potes posés, buvant un coup dans un lieu qui alimente l'imaginaire. Le ciel se remplit d'étoiles pour devenir l'un des plus beaux qu'il m'a été donné de voir.

Le rhum et ce magnifique ciel étoilé ramènent mes pensées vers mon meilleur ami. J'aurais tellement aimé partager ce moment avec lui. Il me manque. Ce n'est pas le seul mais, ce soir, c'est avec lui que j'aurais souhaité savourer ce superbe instant. Je tape quelques mots sur mon téléphone pour lui dire que je songe à lui depuis ce cadre somptueux. J'imagine qu'il ne se rendra jamais compte à quel point il est important pour moi, à quel point j'apprécie les moments simples que nous partageons.

Le rhum tourne dans mon gobelet, je trinque avec le fantôme de son image avant qu'il disparaisse.

L'alcool coule dans mes veines. Les jeux de dés et de cartes s'enchaînent autour de conversations sur nos amours passés et présents, nos familles, nos convictions. Les rires fusent sur fond de bruits d'insectes peuplant les arbres qui nous cernent. Les heures s'écoulent dans une franche camaraderie. Qui pourrait penser que la faune et la flore qui nous entourent font partie des plus dangereuses au monde ?

Mon regard se perd régulièrement dans le firmament. Les dés se brouillent au fur et à mesure des minutes qui passent. La fatigue me gagne. Allongé dans le hamac, je ferme les yeux.

Il est tard ou plutôt tôt. Les ténèbres de la nuit se dissipent. J'ouvre les paupières pour voir le soleil embraser la canopée. De la brume recouvre le toit des arbres. Les rayons du soleil jouent avec cette fumée, me laissant croire que je suis encore perdu dans mes rêves. Le cri d'un oiseau perce le silence. Deux colibris passent à la volée. La forêt se réveille devant mon esprit embrumé. Je me sens zen, en harmonie, bluffé par la beauté de ce lever de soleil. Je veux prendre des photos pour faire comprendre ce que je vis à mes amis, mais comment partager cette beauté éphémère aux gens que j'aime ?

Dans la matinée, la descente nous amène sur une autre partie de la montagne. La forêt est parsemée de petits cours d'eau qui donnent envie de se rafraîchir. Une Theraphosa se trouve sur notre chemin. Cette grosse mygale fait peur, mais est aussi source de curiosité. Que de surprises. Tant de beauté offerte par la nature.

La fatigue prend le dessus et emporte avec elle les idées et questions qui emplissent ma tête. Le retour en voiture est un mélange de route et de semi-rêves.

Je suis seul à la maison. La fatigue n'a finalement pas emporté tous mes questionnements. Je me demande si tout cela est encore un voyage ou si je ne suis pas déjà en train de me créer une nouvelle vie. Pourquoi partirais-je d'ici ? Il fait beau, j'ai une piscine, je vis avec deux amis, j'aime mon travail, et il y a à portée de main mille lieux magnifiques. En définitive, n'ai-je pas commencé à me sentir chez moi ici ?

Seul, la musique sur les oreilles, j'observe les photos de ma famille et des personnes qui me sont chères. J'ai dit que je commençais à me sentir chez moi. Mais comme je me le demande souvent, « chez moi » est-il un lieu sur une carte ou un endroit où je suis entouré des gens que j'aime ?

La fatigue prend le dessus, mes yeux se ferment. Pourquoi penser à tout cela ? Et, au fait, je pensais à quoi ? Les paupières closes, mon esprit s'échappe. Ah oui, je me souviens, j'étais en haut de la montagne au singe.

Décollage

Plus que 13 minutes. Plus que 10 minutes, 9, 8. Les discours des commentateurs sont noyés d'informations techniques. 4 minutes. Nous sommes en position. Le ciel est dégagé. 3 minutes. Comment cela va-t-il se passer. 2 minutes. Où faut-il regarder ? « Plus qu'une minute » nous est annoncé.

Tous les gens autour sont prêts, les appareils photo sortis ou de simples téléphones pour les moins préparés. Pour certains, c'est loin d'être une nouveauté ; pour d'autres, ce sera la première et sûrement la dernière.

« Regardez ». Une boule de feu vient de jaillir de la forêt. L'engin est impressionnant. Il expulse des flammes aussi grosses que lui. Le décollage a commencé. La météorite s'élève dans le ciel. Une comète qui part de la terre pour embraser le firmament.

Tout est calme. Comme un film sans le son. Une traînée de nuages marque le chemin pris par la fusée.

Un grondement sourd sorti de nulle part fait frémir l'air. Les vibrations s'intensifient et prennent des proportions monstrueuses. Nos corps tremblent, nos regards sont braqués vers ce qui est maintenant une étoile brillant en plein jour. Les secondes d'émerveillement passent. L'étoile s'éteint petit à petit. Elle finit par disparaître en ne laissant derrière elle qu'une traînée blanche dans le ciel et des images plein nos têtes.

Simple atome

Le soleil se couche sur un monde à peine fatigué. Encore une fois, je suis là à écrire, à penser à la vie que je mène, à méditer. Les oiseaux chantent pour le soleil qui est en train de rougir le ciel. Moi, je suis là, à les observer. Des fois, j'ai l'impression que le jour passe sans se soucier de moi. Pendant un moment j'ai cru être le centre du monde ou, du moins, celui de mon voyage. Mais qu'au final je n'ai été le nombril que de ma propre démence. Je ne suis qu'un atome parmi des milliers, juste un atome qui a eu la bougeotte.

Mon téléphone vibre, une photo apparaît. L'écran affiche un sourire qui me donne l'impression d'être important à nouveau. Un instant cela fait remonter la commissure de mes lèvres. L'écran redevient noir. Je me retrouve de nouveau dans un monde qui tourne sans se soucier de ma fatigue.

La vie n'est pas tous les jours joyeuse. Parfois nous ne sommes rien de plus que des atomes soufflés par la lassitude et le blues.

Une fleur rose a poussé au milieu d'un sol non propice. Et pourtant elle est là, fière et droite. De nouveau, un simple atome, une agrégation de molécules qui embellit le paysage. Elle me fait penser à la beauté d'une femme. Une beauté qui naît sans avoir vraiment de sens. Une beauté qui apparaît, car cela ne pourrait être autrement. Je suis fasciné par ces quelques pétales qui ont changé l'atmosphère de l'instant alors que les éléments n'auraient pas dû lui permettre d'émerger.

Et si le monde n'était qu'une grande illusion ? Finalement, je suis fait des mêmes atomes que le coucher de soleil. J'ai les mêmes composants que cette fleur rouge qui pousse dans mon jardin. Je suis fait d'éléments si petits qu'ils ne peuvent être vus séparément.

Et si en tendant la main je pouvais déchirer la trame du temps pour qu'il aille moins vite ? Après tout, il est dit relatif. Alors, pourquoi ne pas le faire mien ? Si ces choses si complexes n'existent pas vraiment, pourquoi ma fatigue, elle, serait réelle ? N'a-t-elle pas été balayée par un visage heureux apparu quelques instants sur un écran ? N'a-t-elle pas perdu de sa substance lorsque mon esprit admirait une fleur qui luttait contre son environnement ? N'est-elle pas happée par les milliers d'atomes qui constellent le ciel nocturne pour mon plus grand plaisir ?

Et si tout cela n'était qu'un moment imprimé dans un atome ? Un temps infiniment petit et grand. Un sentiment vivace et déjà mort. Une tache de noir éclairant les gouttes de lumière que le monde a à m'offrir.

Ai-je évolué et grandi ?
Suis-je devenu quelqu'un de meilleur ?

Je n'avais pas vraiment la réponse à cette question. Au fond, comment peut-on évaluer ce genre de choses ? Qui peut dire que l'on est devenu une meilleure personne ? Et, surtout, qui en a le droit ? À travers ce voyage, j'ai peut-être trouvé un début de réponse.

D'abord, dans cette question, il y a l'idée d'être une personne meilleure. Donc de tendre vers un objectif, une norme ou une représentation. Et je ne suis déjà pas sûr que cette idée soit une bonne chose.

Le but n'est pas d'être quelqu'un, mais d'être « soi ». Pour moi, cela est la plus belle des choses, mais aussi la plus dure. Comment être juste « soi » alors que nous avons tendance à nous définir à travers le regard des autres ? Et, au final, ça veut dire quoi « être soi » ?

Je n'ai pas encore la réponse exacte, car mon voyage ne fait que débuter. Mais, pour le moment, voici ce que j'ai cru comprendre : « Être soi », c'est dans un premier temps accepter qui nous sommes. Pas seulement assumer nos bons et mauvais côtés, mais approuver chaque partie de nous, chacun de nos visages, de nos facettes, comprendre qu'elles sont nous. « Être soi », c'est aussi accepter nos plus grandes peurs, nos plus grands rêves, nos désirs les plus chers, nos idées les plus sombres et nos envies les plus inavouables… Assumer de ne pas être parfait, ne plus renier nos qualités et apprendre de nos défauts. « Être soi », c'est dire ce que l'on ressent sans retenir nos idées et nos émotions, tout en les exprimant sans chercher à blesser autrui. « Être soi », c'est accepter d'avoir des sentiments, des envies, des valeurs… C'est s'autoriser à ne pas apprécier quelqu'un, se laisser considérer l'autre comme un ami, une famille, ou encore dire oui à l'amour sans retenue.

On a souvent l'impression de faire tout cela. Ou, en tout cas, en grande partie. Mais c'est rarement vrai, car nous sommes la première personne à qui nous mentons. S'avouer les choses est bien plus difficile qu'on ne le suppose.

Pour moi, le chemin vers la connaissance de « soi » est aussi le trajet vers « l'amour de soi » et le bonheur. C'est une route très longue, voire sûrement interminable. Je ne pense pas qu'il faille chercher à changer pour changer ni changer pour que les autres nous considèrent comme une personne meilleure, bonne ou sage… S'il faut chercher à évoluer, c'est pour ne plus être ce qu'autrui, à travers son regard, nous a amené à être. À écouter les gens, on se retrouve toujours catégorisé, avec des codes sociaux, familiaux ou confronté à des modèles de vie. On a alors tendance à essayer d'être au top, dans les normes ou se rebeller contre, dire « merde » aux autres, devenir une forte tête, un cancre, ou bien être le meilleur. Si nous acceptons d'être simplement nous, les idées de normes, de codes, de rébellion, de sortir du lot, paraissent totalement abjectes. Et c'est à ce moment que l'on devient petit à petit quelqu'un. Peut-être pas le plus grand des sages, ni le plus respectable des Hommes, ni même un individu important. Mais une personne qui se détache de sa carapace, de ses côtés agressifs, de sa peur du jugement, de sa morosité et de sa fatigue (car c'est fatigant d'essayer d'être ce que nous ne sommes pas). Un individu qui devient chaque jour un peu plus heureux, en accord avec ses envies et ses principes, un être fier de lui, épanoui.

Quand on devient « soi », on décide de répondre à nos véritables besoins. On accepte de laisser de côté les personnes qui nous sont néfastes et l'on cherche la compagnie de ceux qui nous permettent de nous épanouir.

Au final, nous sommes comme nous devrions être, et seuls les gens avec qui nous partageons notre bonheur et qui y participent ont de l'importance.

Je crois que la question à poser n'est pas « Est-ce que je deviens quelqu'un de meilleur ? », mais « Est-ce que chaque jour je suis un peu plus moi-même ? »

Une simple question au départ qui en a soulevé beaucoup d'autres. Les réponses sont encore loin d'être complètes, mais je suis aussi loin d'avoir parcouru tout le chemin pour être entièrement moi-même.

Même si beaucoup de route a déjà été sillonnée, le voyage ne fait que commencer.

La cour de récré

Le bruit du bateau sonne le début de la récréation. L'aire de jeux se trouve à environ une heure de navigation. La fine pluie ne changera rien, il faut plus que quelques gouttes pour arrêter les enfants que nous sommes. D'ailleurs, nous planifions déjà les animations qui occuperont notre journée.

La terre promise est en vue. Nous sautons sur l'île qui nous servira de terrain de jeux pour les prochaines heures. Bien sûr, tous les amusements peuvent avoir un but éducatif. Un petit livre sera notre guide. Je crois qu'il parle d'Histoire.

Les réjouissances commencent par une marche rapide, puis la montée d'escaliers débouchant sur une clairière où trône un grand bâtiment. Nous surplombons les alentours, la vue est magnifique. Selon notre guide, logeaient ici les gens importants de l'île, ceux qui avaient le plus de pouvoir. Quelques mètres plus loin, nous partageons notre boîte à goûter avec de petits singes tout mignons. Leurs hésitations à saisir la nourriture dans nos mains nous font beaucoup sourire. Une seconde plus tard, le vol d'un perroquet vert distrait nos esprits volatils. Mon regard se trouve attiré en contrebas par une grille fermant un grand bâtiment délabré. Un petit jeu de rôle où nous nous filmons comme prisonniers derrière cette grande grille déclenche un fou rire général. Cet ancien hôpital aura activé notre créativité.

Tels des mômes, nous passons d'une chose à une autre, imitant un hélicoptère sur une piste d'atterrissage bien plus neuve que les constructions autour puis, la seconde d'après, nous admirons un jardin où fleurissent de belles pierres sculptées par l'homme et le temps. On peut d'ailleurs voir qu'il est indiqué « cimetière des enfants » sur notre livre. Les jeunes dissipés que nous sommes finissent vite par se lasser de regarder les pierres et, quelques centaines de mètres plus loin, nous nous retrouvons à imaginer comment aménager une cuisine et mettre une mezzanine dans les restes d'une minuscule pièce sans fenêtres à propos de laquelle il est dit que l'on peut encore entendre les cris, les larmes et le désespoir des derniers occupants.

Le milieu de la récréation est arrivé. Il est temps d'aller se divertir un peu plus loin. Une forêt de cocotiers fera l'affaire. Les anciens habitants ont laissé quelques traces dans la pierre, et nous nous amusons à les retrouver. Il fait chaud. Une petite baignade dans l'eau couleur saphir s'impose. Il paraît qu'il y a quelques dizaines d'années, l'eau était infestée de requins. En même temps, il est écrit dans le livre qu'il était coutume que la mer fasse fonction de fosse communale pour l'île. Comme quoi l'ambiance a bien changé.

La traversée vers l'île voisine se fait en partie à la nage dans un cadre de carte postale. Cela doit être agréable d'avoir une telle vue chaque jour. Je me demande si la marée a effacé les traces laissées par les chaînes sur la plage. L'insouciance des enfants est belle, mais la fin de récréation a sonné. Il est temps de repartir à la maison. Le retour en catamaran sera surtout une grande sieste.

Au revoir, magnifique cour de récréation. Je me suis bien amusé. J'espère revenir prochainement. Mais, au fait, je ne crois pas que tu sois une vraie « cour de récréation ». Il me semble que ces îles avaient une tout autre fonction. Sur le petit guide, il est écrit en gros « Le bagne ».

Erreur

Une erreur est souvent le commencement ou la fin d'une histoire, voire les deux. Ce périple ne fait pas exception. C'était une bêtise. Le voyage en lui-même est loin d'en être une. Mais la décision d'être parti de l'autre côté de la clôture du jardin avec seulement un sac à dos et des rêves en fut une. Je n'ai prévenu personne, j'ai filé sur un coup de tête, sans demander rien à quiconque. Je n'ai pas pris le temps de faire correctement mon sac ni de ranger proprement mes affaires. Je n'ai pas bouclé certaines histoires mais je ne les ai pas pour autant emmenées avec moi. Je suis juste parti en laissant le reste à la maison.

Dans ma vie, j'ai fait bien des fautes. Elles m'ont conduit là où je suis aujourd'hui. L'erreur n'apparaît pas d'elle-même. Elle vient de la perte. La perte de contrôle face à sa peur. La peur de rester à jamais à la maison, de ne pas voir le monde, celle que les chaînes qui nous entravent soient plus fortes que notre volonté. Ces inquiétudes font que l'on ne réfléchit plus, qu'on se met à trembler au moment de prendre la décision qui s'impose, que l'on recule devant les mots à dire, les choses à faire. Et, souvent, nous finissons par fuir la peur. Et là, c'est l'erreur.

Elle peut se manifester de bien des façons, de même pour ses conséquences. En général, elle est déclenchée par la perte de contrôle des sentiments ou de la patience. Lorsque la digue qui contient les émotions, le désir et l'envie, rompt, les limites sont alors perdues pendant un instant. À ce moment, les bavures deviennent fréquentes. On met fin à ce qui nous est cher sans s'en rendre compte, on part sur un coup de tête, on dit un mot de trop, on laisse une idée prendre le dessus sur la raison. Nous finissons par dépasser nos propres convictions pour répondre à cette perte de contrôle. C'est comme sauter d'une falaise sans sécurité, en espérant qu'il y ait assez de fond pour ne pas trop nous blesser. Finalement, nous plongeons, car nous ne pensons plus avoir d'autres choix.

L'erreur prend bien des formes et, souvent, elle finit par nous terrifier. La fuir ne mènera qu'à la renouveler. Chercher à la comprendre peut nous ouvrir les yeux et nous permettre de travailler dessus afin de nous rendre plus forts. L'erreur n'arrive pas par hasard. Elle veut toujours nous dire quelque chose : que l'on manque de confiance, de fierté, de croyance, d'espoir… que l'on n'a pas fait les bons choix auparavant ou que ceux que l'on s'apprête à faire ne le sont pas. Elle montre que l'on dévie du droit chemin avant de ne plus pouvoir faire demi-tour, que ce que l'on se répète à soi-même n'est peut-être pas totalement vrai, que les choses sont plus complexes qu'elles ne semblent ou peut-être plus simples. Une telle bêtise peut-être le début d'un voyage, la fin d'un autre, le début d'un rire ou celui d'une larme. Les conséquences, elles, ne sont pas forcément visibles immédiatement. Parfois, elles mettent des jours, des mois, voire des années à apparaître. Mais, au final, si l'on se met à l'analyser, à la comprendre, l'erreur en reste-t-elle réellement une ?

Si je vous raconte tout cela, c'est que je l'ai vue de nouveau. Et, cette fois, au lieu de la fuir, je lui ai tendu la main et lui ai dit :
— Merci, merci pour tous ces voyages.
Elle a ri et m'a répondu :

— Attends de voir les conséquences avant de me remercier.

Puis elle m'a regardé droit dans les yeux et a ajouté :

— Sache que si tu arrêtes d'avoir peur de moi, si tu ne me renies plus, si tu m'acceptes telle que je suis, si tu apprends de moi... alors, je ne serai plus « erreur », mais « expérience ».

Faire des erreurs, ça arrive à tout le monde. Et, pour une fois, je crois avoir vu la mienne.

Au milieu de nulle part

Le bruit du moteur emplit mes oreilles. Je n'entends plus les voix de mes deux compagnons. La pirogue démarre. La remontée du fleuve dure plus de quarante-cinq minutes. La terre promise est en vue. Le sourire aux lèvres, nous débarquons sur un minuscule îlot au milieu de nulle part. Bien sûr, ce périple n'a pas commencé sur une pirogue. Il a débuté dans un petit, tout petit avion. À peine vingt places, pilotes compris. Destination, un petit village quelque part le long d'une des rivières qui parcourt la plus grande forêt du monde. Pied-à-terre, une visite des lieux s'impose. Puis notre piroguier nous attend pour aller au milieu de nulle part.

Des deux côtés de la berge, la forêt est trop dense pour être sondée. Nous sommes là, avec un simple cours d'eau pour nous séparer de cette mer de verdure. L'îlot est inhabité. Nous sommes trois, trois là où il n'y a qu'un toit sans murs, nous montrant que nous ne sommes pas les premiers de notre espèce à fouler ce refuge.

TIC-TAC, le temps nous est compté, à peine 24 heures. C'est ironique de savoir que nous mesurons le temps à rester en cet endroit où il n'existe pas. Tout n'est que nature sauvage. D'ailleurs, l'hésitation est grande lorsque la baignade ne peut avoir lieu que dans une eau marron qui regorge de potentiels dangers.

Nous sommes trois. Trois avec juste quelques rations et de l'eau. Nous sommes censés ne rien avoir ; pourtant, lorsque le soleil disparaît à l'horizon, une petite enceinte, quelques lumières et une bouteille de rhum transforment le feu de camp en boîte de nuit. Trois hommes ici, au milieu de nulle part, ont décidé de vivre une soirée inoubliable. Les musiques s'enchaînent, tout comme les éclats de rire et les danses. La bouteille se vide au même rythme que les heures coulent dans nos verres. Qui a dit qu'il fallait envier les riches ? Car si ce sont les seuls à avoir une existence de rêve, alors je suis riche, riche des rencontres que j'ai faites. Nous sommes trois au milieu de nulle part. Trois à partager nos pensées, nos souvenirs et nos meilleures musiques. Trois à rendre ce moment hors de la réalité, hors du temps. Trois à vivre sans retenue, à conquérir notre monde entouré par l'eau.

Le volume sonore diminue. Les paupières sont lourdes. Les discussions portent de plus en plus sur ce que nos cœurs d'homme n'osent pas exprimer à la lumière du jour. Des confidences qui se perdent dans le courant qui chatouille nos pieds.

La lune a empli le ciel depuis déjà bien longtemps. Les dernières braises du feu s'éteignent, tout comme mes yeux. Un dernier instant, je suis contemplatif d'un monde perdu sur la carte.

Oasis en terre perdue

Au réveil, le paysage est encore plus impressionnant. Nous sommes seuls, et cela se ressent. Plus de quinze kilomètres nous séparent du premier village. Les provisions ont bien diminué, l'eau potable aussi. Le soleil tape beaucoup plus fort que nous le supposions. L'unique moyen pour repartir se résume à deux canoës que le piroguier nous a laissés. Six heures à pagayer nous attendent. Au début, nous nous laissons porter par le courant, mais les kilomètres défilent moins vite que prévu. À mi-chemin est indiquée une cascade. Nos embarcations attachées, nous partons en touristes trouver l'eau fraîche promise au milieu d'une des forêts les plus dangereuses du monde.

Après quelques mètres, il est évident que le short et les claquettes ne sont pas les équipements les plus adaptés. Les 30 minutes de marche sur le petit sentier se révèlent plutôt compliquées. Au loin, on entend un ruissellement. Nous sommes proches. Au virage, un cours d'eau limpide nous tend les bras. Au détour suivant, il se transforme en cascades. L'eau y est fraîche, voire glacée, sur ma peau brûlée par le soleil. Le flux de la cascade est apaisant. Ce liquide me semble irréellement clair après avoir passé tant d'heures sur un fleuve dont le nom rappelle la couleur marron de son eau.

Je n'ai pas seulement trouvé une cascade, j'ai trouvé une oasis pour mon âme d'enfant. Un lieu qui rentre parfaitement dans les histoires de voyage et de héros. Un endroit de repos au milieu de la nature sauvage, un paysage qui se grave sur les rétines, un coin de forêt qui permet de se requinquer au cours de notre périple.

Les photos se succèdent, elles nous aideront à nous remémorer cet instant. Quelques poses sont prises pour montrer aux autres notre bonheur. À enchaîner les postures, je finis par me croire bouddhiste, méditant sous la cascade. Peut-être que ce n'est pas que pour les photos, au final. Il est l'heure, mais mon âme d'enfant compte continuer à explorer les environs. Après quelques minutes d'escalade très périlleuse, le paysage que je découvre confirme la beauté des lieux. On m'appelle, je sais qu'il est temps de partir mais, avant, je veux laisser un fragment de mon âme d'enfant méditer ici. Je viens de comprendre que la méditation n'est pas seulement le fait d'étudier ses pensées avec recul, mais que c'est aussi, et surtout, lâcher prise de toute chose pour laisser s'écouler la vie en ne faisant qu'apprécier sa caresse.

Je vois aujourd'hui encore l'oasis dans ma tête. L'enfant en moi y étanche sa soif d'aventure. Et je sais que souvent, la nuit, il retourne sous la cascade et médite dans cette oasis en terre perdue.

Et si des fois tu me manquais ?

Et si tout cela n'était pas qu'une fiction ? Si je voulais te revoir plus que je n'avais envie de voyager ? Et si je ne pouvais pas te le dire ? Et si le monde tournait plus vite que j'étais capable d'en faire le tour ?

Tu sais, je suis au bord de l'eau. J'aimerais plonger, et ce qui me retient c'est ton image dessinée par la fumée de la cigarette. Je suis loin de tout, loin de toi, loin du monde. Mais là, au bord de l'eau, au bord du vide, je descends mon verre, me surprenant à vouloir de nouveau plonger. Où ? Dans l'eau. Ou peut-être dans le temps. À la rencontre de mon passé ou de mon futur, je ne sais pas. Peut-être des deux.

La fumée de la cigarette stagne sur la surface de la crique. Je suis seul, mais la musique, elle, ne me laisse jamais tranquille… Elle me rappelle au monde. Elle me rappelle qui tu es. Ce que je suis venu chercher loin de toi. Loin de toutes attentes. Là, je ne suis rien d'autre que ma propre conscience. Ici, il n'y a que moi. Et c'est cela que j'attendais. Plus que comprendre mes défauts ou mes qualités, ce que je cherchais, c'était moi. Ou, en tout cas, moi loin de vous. Loin de vos attentes. Loin de tes attentes. Loin du monde. Loin de tous.
La musique se termine. Ma réflexion aussi. Je me relève. Mon hamac est déjà tendu. Il est l'heure de dormir.

Quelques minutes plus tard, ou peut-être quelques heures… Je m'écroule de fatigue. Le bruit de la forêt

remplit mes oreilles. Je me trouve plongé dans les songes.
Le reste disparaît comme un rêve lointain.

Ex-meilleure amie

Je n'arrive pas à me remémorer notre rencontre. C'était il y a si longtemps. J'ai l'impression que l'on s'est toujours connu. Peut-être que cela remonte avant même mes premiers souvenirs. De mémoire d'homme, tu as toujours été là pour moi. Tu m'as écouté quand les autres m'ignoraient, tu étais présente quand les autres m'abandonnaient, tu me tendais la main quand je n'osais pas demander de l'aide. Tu as été la plus fidèle de mes amies. Nous avons tellement partagé, toi et moi. Je me souviens de tous ces couchers de soleil que nous avons regardés, les ciels étoilés que nous avons contemplés, les balades au bord de l'eau que nous avons faites, les musiques mélancoliques que nous avons chantonnées ensemble. Tu m'as vu grandir, faire des projets, avoir des rêves. Avec toi, j'ai cru que tout serait aisé. Que mes rêves seraient à portée de main, que tu faciliterais leur réalisation. J'ai cru que c'est avec toi que je les partagerais. Oui, toi, toi qui m'écoutais en restant silencieuse, toi qui m'as fait apprécier les mélodies langoureuses, toi qui connaissais tous mes secrets, mais qui n'en divulguais jamais aucun. Toi que j'aimais, mais qui m'étais difficile de supporter. Oui, ce texte est pour toi, « solitude ». C'est un message d'adieu.

Tu ne m'as pas aidé à réaliser mes rêves, au contraire, à te côtoyer, je n'ai pas su gérer mes attaches. Ce n'est pas seul qu'il est agréable de voyager. Au contraire, je m'aperçois que la découverte du monde prend tout son sens dans le partage. Je t'écris ces mots d'adieu, car je compte continuer mes rêves dans ce « partage ». Seul, je ne peux apprécier pleinement le voyage. C'est dans les rires, les blagues, les sourires et les gens, que les choses prennent du sens. C'est ensemble que la vie nourrit la vie. Ce sont nos liens aux autres qui constituent la plus belle des aventures. La découverte se partage, les rires et les larmes aussi.

Ma chère « solitude », nous nous séparons aujourd'hui. Cela m'a demandé beaucoup de courage pour en arriver là. Je sais que le manque de ta présence se fera sentir, mais je sais aussi que tu ne seras jamais très loin, me surveillant dans l'ombre, attendant un moment de faiblesse de ma part. Ne t'inquiète pas, je ne refuse jamais de voir une vieille amie de temps à autre. À l'occasion, nous parlerons des gens que j'ai rencontrés sur mon chemin, de ce qu'ils m'ont apporté, tout cela en regardant les étoiles briller.

Ne sois pas triste. Tu m'as rendu plus fort et capable d'affronter la vie. N'aie crainte, je ne t'oublierai pas. Je n'oublierai pas non plus tout ce que nous avons partagé. Nos rencontres se feront sûrement plus rares, ce qui les rendra certainement plus belles.

Il est temps que je fasse la route sans toi.

Que mes meilleurs vœux t'accompagnent.

À ma vieille amie « solitude »

Signé : voyageur

Vérité épistolaire

Voyageur
6 m. après la clôture du jardin
L'aventure 97 300

La vérité
3 rue après le mensonge
Partout 13 151 445

Ma chère vérité,

Cela faisait longtemps que je ne t'avais pas écrit. Sûrement étais-je trop investi dans mon voyage pour prendre le temps de tremper la plume dans l'encrier.

Ici, il fait très chaud. Le soleil est présent la plupart du temps. Ce matin, je suis allé au marché, toutes ces couleurs, c'était vraiment très beau. Je suis sûr que toi aussi, tu aimerais la culture créole.

Comme tu as pu le voir, j'ai fait mes valises du jour au lendemain. Je suis parti me réécrire dans un lieu où personne n'avait encore de jugement à mon égard. Ne t'inquiète pas, je ne t'ai pas laissée derrière moi. Une bonne partie de ton âme était dans mes bagages. Je crois même qu'au fond, si je suis parti, c'est aussi pour te chercher. Ou, en tout cas, chercher à mieux te connaître. Je ne voulais plus simplement être, mais savoir la vérité sur moi, celle que je n'ose pas m'avouer.

Ce que j'aime avec toi, c'est que l'on se croise régulièrement. Et même si j'ai souvent l'impression que l'on joue au jeu du chat et de la souris, tu me plais de plus en plus.

Comme chaque fois, je te remercie.

Signé : Voyageur

La vérité
3 rue après le mensonge
Partout 13 151 445

Voyageur
6 m. après la clôture du jardin
L'aventure 97 300

Cher voyageur,

 Mon cher ami, oui, cela est vrai qu'il y a longtemps que nous n'avions pas barbouillé le papier d'encre.

 Je t'ai observé partir explorer le monde derrière la clôture du jardin. Comme tu le sais, une partie de moi t'a accompagné tout au long de ton expédition. À force de me chercher, j'ai souvent l'impression que tu me vois chaque fois différemment. J'espère que tu as conscience que je n'ai pas changé. Ce qui est différent, c'est uniquement le point de vue duquel tu me vois et le regard que tu me portes.

 Cela est toujours avec grand plaisir que je partage de brefs instants en ta compagnie.
Ps : te souviens-tu de la partie de moi que tu as laissée à la maison ?

Signé : Vérité

Voyageur
6 m. après la clôture du jardin
L'aventure 9 730

La vérité
3 rue après le mensonge
Partout 13 151 445

Ma chère vérité,

Ne t'inquiète pas, je me souviens très bien des « vérités »
que j'ai laissées derrière moi. J'ai du mal à l'avouer, mais
cela m'a fait du bien de m'éloigner du jardin où je les ai
enterrées.

Comme toi et moi le savons, une « vérité » enfouie ne
trouve jamais le repos. Et je crois qu'elle nous hante à
jamais.

Signé : Voyageur

Vérité
3 rue après le mensonge
Partout 13 151 445

Voyageur
6 m. après la clôture du jardin
L'aventure 9 730

 Je vois que tu es conscient de tout cela. Mais je me pose
une question. Que vas-tu donc faire de la partie de
« moi » que tu n'as jamais osé affronter ?

Signé : Vérité

Voyageur
6 m. après la clôture du jardin
L'aventure 9 730

La vérité
3 rue après le mensonge
Partout 13 151 445

Ma chère vérité,

C'est pour en apprendre plus sur ce que tu savais de moi que je suis parti. Cela était la première des étapes pour qu'un jour nous soyons en paix, toi et moi. Bien sûr, tout ne changera pas du jour au lendemain. Mais je compte me mettre en phase avec toi, petit à petit, pour ne plus avoir peur de crier ton nom ni ton histoire, aussi horrible soit-elle. À ne jamais vouloir te présenter aux autres par peur qu'ils ne t'aiment pas, j'ai sûrement fait plus de mal que de bien.

Peut-être un jour serons-nous de nouveau en harmonie comme lorsque nous étions enfants.

Signé : Voyageur

La vérité
3 rue après le mensonge
Partout 13 151 445

Voyageur
6 m. après la clôture du jardin
L'aventure 9 730

Mon cher ami,

Les quelques mots que tu m'as envoyés me touchent beaucoup. Cela est très dur pour moi. Je ne t'en veux pas, car je sais que très peu de personnes m'acceptent. Au fond, j'aimerais ne pas être si souvent malmenée. Je n'ai jamais demandé à faire du mal ou à embarrasser. Mon homologue mensonge fait généralement plus de ravages que moi, mais il a l'air également plus simple à utiliser. Tu sais, moi, je suis et resterai, lui finira par se dissiper comme le brouillard au matin. Vous me fuyez quand vous essayez d'échapper à votre passé et il en est de même lorsque le futur vous angoisse. Je ne te demande rien, à toi ou aux autres, si vous saviez tout ce que j'ai à vous apporter, la délivrance et la sérénité que je pourrais vous offrir. Je ne veux pas te le cacher, il y aura bien des épreuves à traverser pour cueillir mes fruits, mais je te promets que j'en vaux le coup. J'espère qu'un jour tu feras partie de ceux que je ne fais plus rougir et que j'ai arrêté de terroriser.

Cela me ferait plaisir de t'accompagner à chaque instant de ta vie.

Je suis pressée de te recroiser.
Porte-toi bien.

Signé : Vérité

Voyageur
6 m. après la clôture du jardin
L'aventure 9 730

La vérité
3 rue après le mensonge
Partout 13 151 445

Ma chère vérité,

Je ne peux que croire ton discours. Au fond, c'est un adage connu de tous, mais il peut paraître bien difficile de se lancer à la conquête d'une montagne qui est si haute que l'on n'en voit pas le sommet.

Moi aussi, je suis pressé, mais également effrayé par la perspective de notre prochaine rencontre.

Porte-toi bien

Signé : Voyageur

Et si cela n'était qu'une excuse ?

Le bruit des vagues est agréable. Le soleil peint de rouge un ciel dans lequel apparaissent les premières étoiles de la nuit.

Depuis le moment où je suis parti, du temps s'est écoulé et bien des choses ont changé ou, peut-être, pas tant que ça. Loin de chez moi, j'ai senti la brise de la liberté. Bien sûr, ce doux courant d'air n'est pas dépendant de cette plage. Il existe aussi dans le jardin duquel je suis parti. Mais il m'a fallu faire bien du chemin pour le sentir caresser ma peau. Ici, j'ai appris à humer son parfum, à m'en imprégner.

Mes pas se gravent dans le sable mou. Que montrerai-je en rentrant ? J'ai beaucoup changé et ils le verront. Mais, au fond, cela n'est-il pas qu'une excuse ? Partir si longtemps ne me permet-il pas de me réinventer sans que personne n'ait son mot à dire ? Comme si toutes les critiques pouvaient être réduites au silence par un, « c'est normal, voyager, ça vous change ! » Si cela est si simple, que vais-je décider d'être ? Assumerai-je l'homme que j'ai découvert loin de chez moi ? Continuerai-je à défendre mes convictions avec autant de ferveur ?

À y réfléchir, je me demande si c'est le voyage qui permet de changer, de se trouver, ou bien si c'est l'échappatoire qu'il nous offre qui suffit à libérer les vérités enfouies en nous ? Il est possible que la simple excuse du voyage nous dédaigne auprès des autres et de la société. Qu'elle nous donne l'autorisation de modifier nos conditionnements et nos limites, comme un bouclier nous permettant d'avancer sans crainte.

La nuit est tombée, les étoiles brillent par milliers. Je les observe se refléter dans l'obscurité de la mer. Et dire que je peux être qui je veux. À mon retour, je pourrai dire « merci » à ceux qui contribuent à mon bonheur, je pourrai dire « merde » à ceux qui le méritent depuis longtemps et dire « non », car je n'en ai tout simplement pas envie. Je ne serai plus obligé de supporter ce qui me paraît absurde et je pourrai aimer à ma convenance sans me justifier. Je pourrai prendre le temps sans lui courir après, vivre sans retenue, librement.

Dire qu'il m'a fallu aller à l'autre bout du monde pour m'autoriser tout cela. Pourquoi ne l'ai-je pas fait depuis longtemps ? Qu'est-ce qui m'a retenu ? Qu'y a-t-il de si particulier aujourd'hui ? À croire qu'il me fallait une bonne excuse pour que la chenille sorte de sa chrysalide et devienne papillon.

L'homme est son propre geôlier. Pourtant, la brise de la liberté souffle sur le monde.

Fuite de l'hiver

À l'autre bout du monde, l'hiver n'a pas de prise. Pourtant, je viens de sentir le souffle froid qui annonce son arrivée.

J'ai cru que le printemps serait éternel. Les cerisiers sont parés de rose, mon champ intérieur est une praire fleurie. Dehors, le soleil tape, les cocotiers apaisent la chaleur de la saison sèche. Alors pourquoi un vent glacial fait-il tomber les fleurs des sakuras ? Ce souffle vient-il de chez moi ? De là où j'ai laissé celle que j'aime ? J'ai fui l'hiver en parcourant la Terre plus vite que lui, m'aurait-il quand même rattrapé ?

La rose rouge n'aime pas la morsure de ce froid qui n'existe que dans mon cœur. J'avais confiance dans le printemps, lui qui était toujours présent depuis le début, mais peut-être que je ne voulais tout simplement pas voir les premiers signes de l'hiver. Sans m'en rendre compte, les pétales des sakuras ont maculé le sol. Une pluie rouge a envahi un ciel où les premiers nuages ont pointé le bout de leur nez.

Je n'ai pas vraiment peur de l'hiver. Sous son poids, tout s'endort, et même s'il recouvre de blanc le monde, ce n'est que pour mieux faire renaître la terre. Pourtant, aujourd'hui, je ne souhaite pas sa venue. Le printemps, qui emplit mon cœur, me plaît.
Je frissonne sous la caresse glaciale du vent d'Est. Que restera-t-il de mon jardin lorsque le vent cessera ? Est-il un avertissement ou bien l'hiver a-t-il déjà affermi son emprise ?

Pour le moment, je suis assis et je contemple les sakuras perdre leurs pétales, ne sachant que faire d'autre.

62

Illusoire

Le temps de vadrouille qui m'était autorisé est déjà bien écoulé. Le jour du retour n'est pas encore arrivé, mais son idée, elle, a pris consistance. Certains me disent que je reviendrai bientôt à la réalité. Mais laquelle ? Si là-bas est la réalité, alors ici n'est qu'illusion ?

Oui, la vie que j'ai trouvée a la douceur d'un rêve. De ce fait, elle ne durera pas indéfiniment. Avec le temps, les inconvénients de cette vie prendront une plus grande place, l'incertitude de la situation se fera sentir. Mais en aucun cas mon quotidien n'est plus fictif que le vôtre. La douce chaleur qui caresse mon visage, la pluie d'étoiles qui constelle le ciel, le chant des cigales qui emplit l'air… Tout cela est bien réel. Tout comme le bonheur qui me parcourt chaque fois que le parfum de la forêt chatouille mes narines.

Et si leur réalité était elle-même une illusion ? Pourquoi le travail que l'on a chez soi est-il plus important que celui trouvé en cours de voyage ? Exercer un métier reste une façon de participer à la vie de la communauté et de gagner son pain. Pourquoi leur train-train quotidien aurait-il plus de substance et de légitimité que l'existence que je mène ici ? Métro-boulot-dodo n'est-il pas l'illusion d'une vie stable ? Les amitiés tissées sur le bord de la route sont-elles moins solides que les amitiés que l'on finit par trancher à coups de mensonges et de traîtrises, sont-elles plus fragiles et moins sensées que celles que l'on garde par habitude ? Les « bons » rapports engendrés par notre quotidien répétitif ont-ils plus de sincérité que les relations choisies à travers la diversité des populations que le voyage nous fait découvrir ? Les rencontres de quelques instants sont-elles moins sincères que celles de quelques années ? Vous apportent-elles moins ? Votre vie dans les normes est-elle beaucoup moins fictive que la mienne brodée de fils de rêves ?

À mon retour, je ne reviendrai pas à la réalité. Je changerai juste d'illusion.

Un instant parmi tant d'autres

Cela fait bientôt deux heures que la chasse est ouverte. Deux heures de pirogue à écumer le marais. Le soleil est depuis longtemps allé se coucher. Les lampes balayent les berges à la recherche d'un éclat. La lune est pleine et rend la tâche bien plus dure. La bête recherchée est sûrement présente, mais difficile à percevoir. Dans cette réserve, les caïmans sont nombreux. Leurs yeux rouges sous la lumière d'une lampe les rendent facilement reconnaissables et, pourtant, ils sont introuvables ce soir. Les heures sont longues, mais pas désagréables. Au détour d'un des méandres du marais, l'objet de notre chasse apparaît enfin. Qu'il est beau ! Nous sommes tous fascinés par ce reptile mystique.

Et voilà comment deux heures d'attente disparaissent comme si de rien n'était. On ne parlera jamais de ces très longs moments sur la pirogue à ne rien faire, mais on entendra beaucoup de récits sur la peau étonnamment lisse de l'animal, la peur qu'il peut inspirer ou l'émerveillement qu'il crée.

Les heures qui disparaissent de nos mémoires sont nombreuses. Les files d'attente aux attractions, les temps de route pour aller en vacances, les heures de cours le cul posé sur une chaise à regarder par la fenêtre. Ces moments ne sont pas les seuls à être engloutis dans le brouillard. Certaines journées, voire semaines, en font de même. Les relations amoureuses se résumeront à quelques actes manqués, en oubliant les heures enlacées. Certaines amitiés ne deviendront plus que de lointains souvenirs qui seront souvent critiqués ou qui mueront en simples anecdotes, oubliant les innombrables parties de jeux vidéo, les nuits passées à regarder les étoiles et les discussions d'avenir partagées.

On a fréquemment l'impression que le temps file trop vite, qu'il n'est jamais assez long. Cela vient-il peut-être des heures perdues dans les méandres de nos souvenirs. N'est-ce pas dramatique ? N'y a-t-il pas moyen d'être dans chaque instant ? De ne pas louper une seule des précieuses secondes qui s'écoule du sablier de la vie ?

Je veux être riche de chaque goutte de temps qui m'est offerte. Ce que je vis en ce moment est incroyable, mais cette aventure n'est-elle qu'un souvenir qui s'égarera parmi tant d'autres ?

Un avion entre parenthèses

Le soleil se couche en rougissant le ciel. Assis sur le sable, une canne à pêche dans les mains, je regarde la nuit venir.

Un avion passe. Vu de si loin, il ressemble à tant d'autres. Pourtant, il emporte loin de moi des êtres chers. Il est insignifiant vu du sol, mais tellement important dans mon cœur. Il a permis aux amis et à la famille de me retrouver, puis il me les a repris par la suite. Il annonce le début et la fin, comme une parenthèse. Eux, ils appellent ça des vacances, pour moi, c'était une incursion dans mon voyage.

Bientôt, ce sera à mon tour de franchir les portes de l'avion, de m'asseoir sur mon siège et de mettre fin à ce long aparté. Je n'y avais jamais pensé, mais si j'imagine le retour comme une parenthèse de fin, comment ceux que j'ai laissés le voient-ils ? La première fois qu'ils m'ont regardé passer les barrières de l'aéroport, ont-ils suivi des yeux le décollage de l'appareil avec le même pincement au cœur que moi en ce moment ?

Une secousse m'arrache à mes pensées. La touche fait vibrer la canne à pêche. C'est déjà trop tard, l'hameçon a été nettoyé. Mon regard se perd de nouveau dans le ciel. L'avion est loin. Cela ne m'inquiète pas, il sera bientôt de retour pour me ramener à mon point de départ. C'est drôle, lorsqu'on dit « retour au point de départ » on s'imagine que c'est un *reboot*, comme si tout était effacé et que les choses reprenaient tout simplement leur cours. Au fond, c'est peut-être de cela que j'ai peur. Que l'homme épanoui, autonome et sûr de ses valeurs, retourne à la case départ. Que six mois d'aventures s'effacent sous la pression de la société. Peur de retrouver la forme qu'on m'avait donnée en me mettant dans un moule.

Une nouvelle touche me ramène à la réalité. L'avion a disparu au loin.

Fort en groupe, fort seul

Un groupe est un ensemble d'individus, une unité à plusieurs. Ensemble, nous sommes grands et forts. Le groupe sait tout faire, car chacun de ses membres lui apporte ses connaissances et ses talents. Nous avons tous une aptitude particulière. Certains savent chanter, d'autres peindre, danser, bien parler, certains savent réconforter et d'autres conseiller. Ces dons, nous les partageons, et la bande les fait alors siens.

Nous cherchons tous une communauté, des amis sur qui compter. Un groupe est un bloc où chacun se soutient, se couvre mutuellement, parfois au-delà de la morale et de la raison. C'est une structure où chacun a son rôle. Il y a les leaders, les comiques, les raisonnables, les incompris, les sensibles, les génies… et ceux qui ne font que graviter autour du noyau.

Oui, décrit froidement, un groupe d'amis a l'air d'être une machine aux rouages durs et glaciaux. Pourtant, malgré cet aspect mécanique, un groupe est avant tout un ensemble de cœurs qui battent à l'unisson, des souvenirs merveilleux et une façon d'éloigner la solitude. Même s'il arrive que l'on protège à tort certains membres du groupe, que l'on s'impose une étiquette sans se rendre compte, cette communauté est un bonheur qui donne un sens à l'existence, qui la colore. Mais aussi solide que paraisse le groupe, avec le temps, il a tendance à s'effriter, à tomber en morceaux, comme un puzzle éparpillé par le temps et les choix de chacun.

En apnée au fond de la piscine, je suis seul. Pas un bruit, pas de vie, juste l'eau et moi. Je suis seul, mais je ne me sens pas pour autant faible. Le voyage m'a arraché à certains de mes amis. Le temps et l'éloignement m'ont révélé certaines choses et ont écrémé les amitiés que j'avais. Ils m'ont montré que même sans le groupe, je pouvais être fort. Une fois l'étiquette tombée, une fois sortis de la case que l'on nous avait attribuée, nous pouvons devenir ce que nous voulons. Le vide tend à être comblé, et c'est par le développement personnel que cela peut se faire.

On pourrait croire comme ça qu'être plein de soi-même nous éloigne des autres. Je pense que c'est le contraire. Une fois complets, nous pouvons amener tout notre être au groupe, nous pouvons lui donner sans en dépendre. Nous pouvons garder notre morale et refuser certaines dérives, nous pouvons en profiter sans étiquettes, sans devoir rester à notre « place ».

En vieillissant, les groupes d'amis s'amenuisent et perdent en nombre. Cela me paraissait dommage, mais n'est-ce pas nécessaire de faire du tri dans sa vie pour pouvoir partager simplement tout en étant soi-même ? Pour pouvoir aimer notre entourage autant que l'on a appris à s'aimer ?

Envie d'écrire

Ce soir, je voulais prendre la plume et peindre une page du livre. Cette nuit devrait être particulière. Minuit vient de passer, nous sommes donc à J-1 du départ. Non, je ne retourne pas à la maison de mes parents, le voyage va encore continuer, mais demain sera un « au revoir » à la vie que je crée depuis maintenant six mois. Mon premier « chez moi », un lieu que j'ai investi avec le cœur et qui a vu s'exprimer mon âme. Un refuge à mon image, au milieu de cette aventure.

Ce soir, je devrais ressentir quelque chose de particulier, de la tristesse peut-être, de l'inquiétude, ou je ne sais quelle autre émotion. Mais cette nuit, je suis là, à flotter dans la piscine, les yeux perdus dans les étoiles, le cœur serein et l'âme en paix. Pourquoi tant de zénitude ? Cela vient certainement du fait que je sais que je reviendrai, pas forcément physiquement, mais dans le monde de mes pensées. Le bruit du vent qui chatouille les feuilles du papayer bordant la piscine, la douceur de l'eau à 32 degrés dans laquelle se détend mon corps, le calme de la maison quand tout le monde est endormi, le confort du hamac, les verres de rhum qui se vident au rythme de la musique, les étoiles qui peuplent le ciel, tout cela, je ne l'oublierai jamais. Et même si le temps ne cesse d'altérer les souvenirs, il ne réussira jamais à enlever la sérénité de mon cœur lorsque mes yeux se perdent dans le firmament.

Et si je ne sortais plus du rêve ?

Les souvenirs sont flous. Je ne me rappelle que brièvement avoir pris l'avion. Le vol m'a semblé fugace. C'est sans m'en rendre compte que j'ai quitté mon nid pour me mettre à parcourir une nouvelle aventure.

Le rêve se définit comme « un phénomène psychique, une construction de l'imaginaire à l'état de veille, destiné à s'échapper du réel ou à le recréer. Il peut avoir pour but de satisfaire un désir ». Je me demande à quel point cette définition correspond à mon état d'esprit quand je rentre sur la terre de l'imaginaire. Pour que vous compreniez un peu mieux, cela vous dirait-il de faire un petit tour dans mes « rêves » ?

Le train d'atterrissage de l'avion tape le sol, nous perdons rapidement de la vitesse. Je passe d'un lieu paradisiaque à un autre qui l'est encore plus. Cette petite île est perdue au milieu des Caraïbes. Ici, la devise est « pa ni problem », et je trouve que cela résume plutôt bien Gwada. Si je vous disais que lorsque le jour se couche, d'étranges bruits emplissent l'air et que cette magnifique pollution sonore est faite par de petites grenouilles gonflant un ventre plus gros qu'elles-mêmes, me croiriez-vous ? En se levant le matin, on peut voir une eau plus turquoise et transparente que la réalité ne le permet. Un plongeon dans cette mer imaginaire emmène dans un monde de silence et de paix. Dès lors, la population n'est plus la même. Les routes de coraux sont empruntées par une multitude de poissons. Les petits jaunes aux rayures noires sont calmes. Des êtres plus longs et communs montrent leur imprudence en passant à proximité. Des poissons aussi plats que des galets font leur apparition, une ligne d'un bleu turquoise délimite leurs nageoires. Oh, l'avez-vous vue ? Une raie vient de couper la route. Son majestueux battement d'ailes attire le regard de tous. Ici, le racisme n'existe pas, ici, chacun vit avec l'autre en symbiose. Dans cet habitat, les erreurs de l'homme sont plus visibles que nulle part ailleurs, une empreinte de détritus qui n'a pourtant pas réussi à faire disparaître le calme et la paisibilité des lieux, comme si le silence était source de zénitude.

Et si nous changions de perchoir pour regarder à travers une autre fenêtre de l'univers ?

Je vous emmène plonger dans une forêt parsemée de cascades. L'air est humide, la chaleur est palpable. Le chant des oiseaux et des grenouilles fait office de fond sonore. Plus nous traversons cette végétation extraordinaire, plus le ruissellement des eaux couvre le chant du monde. Au bout du chemin, la rivière gronde. Les gouttes d'eau tombent en cascade de dix mètres de hauteur. À ses pieds se rafraîchissent de jolis rochers lissés par la caresse de l'eau. La roche chante, elle chante pour remercier chaque goutte qui la polit et la rend toujours plus brillante. Au pied de la cascade, de nombreux édifices tendent vers le ciel, un jardin de cailloux mis en équilibre par les voyageurs, comme si l'attraction de la terre ne les atteignait plus.

Après avoir pris un temps pour méditer, entouré de ces colonnes défiant les lois de la nature, je vous propose de sauter par la fenêtre qui s'ouvre à nous. Une fois l'ouverture franchie, nous sommes cernés par un brouillard épais. La pente est raide et les rochers sont glissants.

L'ascension se fait malgré tout assez facilement. Le vent souffle un peu plus à cette altitude. S'il faisait 30 degrés quelques minutes plus tôt, c'est maintenant une quinzaine de degrés qui font se hérisser nos poils. La végétation est celle des montagnes d'été version tropicale. Le brouillard est de plus en plus épais, le vent se fait plus tranchant. L'odeur du soufre nous rappelle que nous sommes sur un volcan. Les 1 500 mètres d'altitude sont quasi atteints au sommet. Mais c'est comme si nous étions nulle part car, tout autour de nous, il n'y a que le brouillard et le vent. Comme dans un rêve, des fenêtres s'ouvrent brièvement dans la masse opaque qui nous entoure. Durant quelques secondes, nous apercevons les vallons que nous avons gravis. Puis une autre lucarne s'ouvre sur une mer aux mille dégradés de bleu, une autre nous laisse observer des falaises sur lesquelles la mer se fracasse avec violence. Puis à travers une trouée, nous pouvons entrevoir une mangrove. Des fenêtres s'ouvrent et disparaissent aussi vite qu'elles sont apparues. Nous offrant un spectacle inoubliable sur le monde en contrebas.

Les lieux féeriques ne suffisent pas à faire de la réalité un rêve. Il faut avant tout un grain de folie, une étincelle de vie et un éclat de joie. Il faut, pour donner à l'existence la consistance du rêve, quelques ingrédients supplémentaires, une recette qui mélange amis, famille et rencontres. Le tout saupoudré d'une bonne dose d'esprit enfantin, de la discipline de l'adolescent et du côté respectueux des adultes.

Tous ensemble, nous sommes alors une colonie de vacances découvrant leur lieu de séjour, pleins d'entrain, de malice et d'excitation. Les blagues s'enchaînent au rythme des pitreries. Des sourires d'euphorie viennent faire saillir nos pommettes. C'est comme une drogue qui chaque instant nous éloigne de ce que l'on appelle la réalité.

Ces instants partagés font planer. Aux côtés de ce groupe, la mer devient plus bleue, la mangrove regorge plus que jamais de vie, l'immensité du volcan devient un terrain de jeu, les couchers de soleil deviennent des apéros inoubliables pendant lesquels l'on débriefe des journées, le tout avec pour fond la mélodie du bonheur. Ensemble, au milieu de cette nature, Gwada est devenue « terre de rêve ».

Les textes ont souvent pour but d'amener une morale. Mais dans le bonheur brut, il est difficile d'en trouver une. Il y a juste à profiter de chaque instant pour ne pas en perdre une goutte.

La foule

Les appels à l'embarquement s'enchaînent. Ce n'est pas encore tout à fait l'heure. Mais l'avion qui me ramène à la maison n'attend plus que moi. C'est le début de la fin de mon aventure.

Les heures d'attente défilent, tout comme la foule qui m'entoure. Je parle d'une foule, mais comme sa définition l'indique, c'est un ensemble d'individus uniques. Pour moi, c'est la fin, mais pour eux, que signifie cette attente ?

Devant moi, il y a un couple de personnes âgées. La teinte de leurs peaux basanées me fait imaginer qu'ils viennent de rendre visite à leur famille. À côté de moi, une jeune femme tape un texto plein de cœurs. Se rapproche-t-elle de son amant ou bien le quitte-t-elle ? Au snack, il y a la queue, tous ont l'air fatigués. Un visage hagard cherche sa direction, un autre cherche sa femme. Deux enfants passent, les mains fermement attachées à celles de leur mère. Comprennent-ils ce qui leur arrive ? Certains textotent, d'autres lisent. Certains ont les yeux fermés, d'autres cherchent une occupation. Il y a tellement de monde dans ce lieu de transit.

Je les considère comme une foule, mais n'ont-ils pas tous une histoire ? Moi, j'ai écrit la mienne. Mais que pourraient bien me raconter ces deux gosses qui courent sans faire attention à ce qui les entoure ? Combien d'histoires folles le couple de retraités a-t-il à offrir ? Ce grand homme noir qui marche bien trop vite, quel souci peut-il bien avoir ? Le jeune couple derrière moi a-t-il le secret de l'amour ? Ces deux jeunes filles qui rigolent me laissent entrevoir une grande amitié, l'ont-elles forgée dans l'aventure ? Ma voisine parle-t-elle français ou bien a-t-elle une autre culture ? Les bagages qui jonchent le sol contiennent-ils autant d'histoires que les miens ? D'un coup, cette foule ne me paraît plus aussi anodine. Quelques minutes avant mon départ, je la vois comme un ensemble de lignes de vie que j'ai effleurées du bout des doigts. Des lignes qui passent les unes à côté des autres sans jamais s'entrechoquer. Tellement d'expériences de vie, d'idées, de rêves et d'avenir au même endroit. Tant de choses qui n'attendent qu'un appel pour s'éparpiller aux quatre coins du monde.

En évoquant cela, mon appel à moi vient de résonner dans le haut-parleur. Il est temps de s'envoler.

Ce texte aurait dû s'arrêter là, mais une petite voix en a décidé autrement. Une voix qui, en quelques mots incompréhensibles, a fait s'entremêler nos lignes de vie pour quelques instants. Il a suffi d'une vocalise anglaise que j'ai interprétée comme « qu'est-ce que vous écrivez ? » pour que nos expériences se partagent. Une simple phrase qui va me faire porter de l'intérêt pour une croisière réalisée par cette Anglaise, une simple phrase qui lui donnera l'envie d'aller sur les traces de mon aventure.

Les lieux où les lignes de vie se frôlent sans jamais se toucher sont nombreux, le bus, les files d'attente, les rues passantes, un supermarché, le quotidien en lui-même. Tant de lignes qui sont une source de connaissance et d'expérience. Pourquoi ne pas les partager ? Et si l'on se parlait plutôt que d'errer ? Et si l'on invitait des Hommes à prendre un repas en échange d'expériences ? Et si l'on se nourrissait de ce qui nous frôle ? Il a suffi d'une simple altercation pour que je prenne conscience du potentiel de cette tornade.

Au micro, un nouvel appel. Cette fois, c'est à ma fugace rencontre de partir. Nos lignes de vie se séparent aussi naturellement qu'elles se sont mêlées pour reprendre chacune leur cours.

C'est le moment de refermer ce livre, car le temps file, et mon vol va en faire de même.

Retour à la réalité

L'avion a d'abord survolé la capitale avant de se poser. Mais où ont-ils caché la forêt ? À terre, les gens vivent plus vite que le temps lui-même. Ils se passent les uns à côté des autres sans se voir. La météo est aussi grise que les bâtiments, le froid est saisissant.

Je suis de retour. Parti il y a longtemps, aujourd'hui, je suis de nouveau à la maison. Mon voyage de l'autre côté de la clôture du jardin a l'air de toucher à sa fin.
On m'avait dit « le retour à la réalité va être dur », mais quelle réalité ? La réalité est-elle ici ? Ou était-elle là-bas ?

Je suis assis dans ma chambre, ou plutôt devrais-je dire mon ancienne chambre. Car oui, cette maison était celle d'un jeune homme qui est parti, il y a plus de sept mois. Cette demeure était celle d'une personne qui n'avait vécu le monde qu'à travers les livres, un homme qui ne connaissait pas encore l'autonomie, un jeune garçon qui ne se connaissait pas vraiment. Cette chambre est celle d'un enfant qui avait des rêves de voyage en tête et qui priait chaque soir pour qu'ils se concrétisent. Aujourd'hui, cette pièce ne représente plus le présent. C'est un saut dans le passé. Elle reflète une existence que j'ai l'impression d'avoir vécue il y a des mois, voire des années.

Ils me parlaient d'un retour à la réalité ! Mais quelle réalité ? Celle d'hommes courant après le temps si vite que même leurs propres ombres ont du mal à les suivre. Une réalité où les forêts sont pétrifiées pour devenir des immeubles. Ou les normes définissent la foule et non le contraire.

La vie que j'ai menée au milieu de la forêt me semble bien plus vraie. Alors pourquoi m'a-t-on parlé de retour à la réalité ? Peut-être que ceux qui m'ont dit cela n'étaient pas capables de voir plus loin que ce qu'ils ont expérimenté et entendu. Ils ont oublié de considérer les beautés que la nature a à offrir. Ils n'ont pas voulu croire à la simplicité du partage et à celle du bonheur. À passer nos vies dans un système sans jamais le remettre en question, il devient une norme, mais la réalité n'est en aucun cas définie par une telle chose.

Mon retour a l'air bien maussade vu comme cela. Mais il y a bien une chose à laquelle j'ai aspiré à revenir. Une chose que je n'ai jamais oubliée malgré les 7 000 km. Ce sont les liens. Les liens d'amitié et d'amour auxquels le voyage avait imposé une certaine distance. Eux me semblent bien réels, et je compte me baigner dans leur douceur avant de choisir vers quels horizons mes pas me mèneront.

Une petite mort avait commencé l'histoire et c'est ce qu'elle m'a enseigné qui la clôturera.

Pour vivre une minute de plus,
il faudra rendre celle d'avant

Les chants de Noël sont partout, cela fait une bonne semaine que je suis revenu de mon voyage et, ce soir, je pense que c'en est la fin. Il a commencé par la « petite mort » et il se finira aussi par une « petite mort ».

Ce voyage a sûrement été la meilleure expérience de ma vie. Je me suis trouvé, je me suis amusé, j'ai découvert un autre monde et je l'ai parcouru. J'ai rencontré des gens et j'ai tissé de grands liens avec eux. J'ai vu et arpenté des lieux où les normes et les règles m'étaient étrangères. J'ai découvert le bonheur d'une simple balade, la dangerosité de la nature, mais aussi sa beauté inégalable. J'ai été un homme fier, fort, avec des valeurs. Un homme autonome, raisonnable et aventurier. Mais, ce soir, il est temps de mourir pour naître une nouvelle fois.

Ne craignez rien, je compte garder chaque valeur et force que j'ai acquise. Je n'oublierai aucune des expériences que j'ai vécues et qui m'ont fait grandir, je n'oublierai aucune des personnes que j'ai rencontrées ni ce que nous avons partagé. Mais pour vivre une nouvelle minute, il faudra rendre celle d'avant.

Cette nuit du 24 décembre, je viens de passer un des moments les plus exceptionnels. Un repas en famille. J'ai ri à en pleurer avec les êtres qui me sont le plus cher. Une simple nuit qui a dépassé la magie de Noël. Mon âme s'est gorgée d'amour et de bonheur. Elle a jubilé, ri et dansé au centre du monde. Pour vivre ces minutes, je n'ai pas hésité à rendre celles d'avant. L'existence n'a rien de fixe, d'acquis, chaque instant passe pour laisser place à celui d'après.

Ce soir, mon voyage a pris fin pour laisser mon être profiter de cet instant inégalable. Je suis mort et j'ai aussitôt ressuscité avec l'envie de continuer à m'améliorer, découvrir, partager et être heureux. En ce soir de Noël, je clôture un chapitre pour en ouvrir un autre.

Si je peux me permettre cela, c'est grâce à eux. Oui, c'est grâce aux gens qui m'aiment et qui seront toujours là pour moi, ces gens qui seront présents dès que je poserai un pied à terre au retour de mes voyages. Ces êtres qui me suivront toujours lorsque je proposerai un verre pour refaire le monde, ces personnes qui font que j'aurai toujours un chez-moi pour me reposer entre deux aventures.

Je referme ce livre de mille instants pour pouvoir vivre cette nuit de partage et je redonnerai ces minutes pour pouvoir vivre une nouvelle aventure.

Fin

Table des matières

Remerciements

Si les remerciements sont à la fin, c'est qu'ils n'intéressent souvent que les gens qui pensent y trouver leur nom. Je ne pourrais jamais remercier tous les gens qui ont fait ce que je suis aujourd'hui. Certains m'ont apporté de la lumière, d'autres des moments difficiles qui sont devenus les escaliers de mon élévation, et d'autres encore sont les fondements du quotidien dans lequel je m'épanouis. Je remercie donc toutes ces personnes. Pour cet ouvrage j'aimerais tout particulièrement citer François, un très grand ami qui m'a permis de me lancer dans cette aventure, tu resteras mon homme à jamais. J'aimerais aussi remercier Mathilde pour avoir été un incroyable compagnon dans ce voyage. Un grand merci à mes parents et ma famille qui m'ont entièrement soutenu dans ce projet à l'autre bout du monde. Merci à mes amis, même si je sais qu'ils peuvent être peiné de me voir partir, ils répondent toujours présent à mon retour. Merci à toutes ces rencontres faites durant mon périple, c'est vous qui avez écrit cette histoire avec moi. Je pense par la même occasion aux quelques-uns qui sont venus me rendre visite. Cela m'a fait très chaud au cœur.

J'aimerais remercier des personnes qui ont aujourd'hui participé à la sortie du livre, notamment Marie pour la correction, Edouard pour les conseils de mise en page, Anna pour la magnifique couverture du livre. Je pense aussi à ceux qui ont lu quelques textes, ou tous, en amont et m'ont apporté leur avis. Une grosse pensée pour celle qui me voit au quotidien avec mille projets et qui me soutient. Et pour finir je veux remercier tous ces gens qui ne m'ont pas retenu de courir après mes rêves mais qui au contraire m'ont encouragé.

Merci d'avoir acheté mon livre, j'espère qu'il vous aura fait voyager, ou au moins qu'il vous a fait passer un bon moment.